DISCARD

ISBN: 978-84-937839-8-3

© del texto: Rodrigo Folgueira, 2012
© de las ilustraciones: Poly Bernatene, 2012
© Unaluna, 2012

Distribuidores exclusivos: Editorial Heliasta S.R.L.
Juncal 3451 (C1425AYT) Buenos Aires, Argentina
Teléfono - Fax: (54-11) 4804-0472 / 0119 / 8757 / 0215
editorial@unaluna.com.ar / www.unaluna.com.ar

Impreso en China a través de ASIA PACIFIC OFFSET. Febrero, 2012.

Sapo de otro pozo

Contado por Rodrigo Folgueira · Dibujado por Poly Bernatene

unaluna

Muy pero muy cerca, de un lugar que queda lejísimos, hay una laguna.

En esa laguna vive una familia de sapos. Una familia numerosa.

Son cuarenta y tres sapos.

Una mañana, así de repente, fueron cuarenta y cuatro.

De eso se trata, un poco, esta historia.

Los primeros en verlo, fueron los sapos madrugadores.

Ansiosos, despertaron al resto, y todos juntos fueron a ver al recién llegado.

Sonriente, sentado sobre una roca y en una elegante posición de sapo, había un cerdito.

No muy grande, no muy chico, rosado y cachetón.

Los cuarenta y tres sapos no podían entender qué sucedía.

Entre confundidos e intrigados hablaban unos con otros, creando un gran alboroto en la laguna.

El cerdito sonreía.

Finalmente un sapo anciano, se decidió a hablarle.

Buenos días,
¿qué lo trae
por aquí?

¡Croac!

—respondió el cerdito.

¿Cómo dijo? —preguntó el sapo.

¡**Croac!** —repitió sonriente el cerdito.

¡Este animal está confundido!

¿Se hace el sapo?

Yo creo que se burla de nosotros.

Tal vez esté loco.

¿Se habrá golpeado la cabeza?

¡Nada!
Vamos, señor cerdo,
deje de hacerse
el gracioso.

La noticia corrió rápido y los animales de los alrededores no tardaron en llegar a la laguna para ver la novedad.

Al principio la sorpresa era grande y pronto empezaron los comentarios.

¡Un poco rosado el nuevo pariente!

¡No es ningún pariente nuestro!

¿Ah, no?

No es un sapo y eso está bien claro.

Pero el "CROAC" le sale muy bien.

No se haga la graciosa, Doña comadreja.

*¡Lo hace de payaso
y burlón!*

¿Será un loco?

¡UN DEMENTE!

Yo creo que es un
elefante disfrazado
de cerdo, que se
quiere hacer pasar
por sapo.

Usted sí que no está
bien, Don loro.

Por lo menos, no me
hago el sapo.

¡¿Y qué tiene de malo ser sapo?!

Todos empezaban a gritar sus opiniones.
Y entre ideas extrañas y chistes, la situación
se iba poniendo más y más complicada.

¡Hay que sacarlo a patadas de la laguna!

El recién llegado sonreía y cada tanto dejaba oír uno de sus simpáticos **¡Croac!** que cada vez le salían más afinados.

Esto hacía enfurecer a los sapos,
y reír mucho al resto de los animales.

¡Basta! —gritó el sapo más viejo de todos los sapos viejos.

Esto es demasiado complicado, yo digo que vayamos a consultar a Hugo.

¡¿A Él?! —gritaron todos entre alarmados y sorprendidos.

Sólo Él puede decirnos qué hacer.

Pero a Hugo no le gusta que lo molesten.

Es cierto, pero esto es grave.

Muy grave.

¡Gravísimo!

¡ESCANDALOSO!

¡Requetecomplicadísimo!

¡Un caos!

Hay que hablar con Hugo.

¡Vamos!

A los gritos y entre todos le contaron lo ocurrido a Hugo,
que accedió ir hasta la laguna.

Al llegar...

¿Dónde está el gran problema?

—preguntó Hugo el cascarudo.

El problema es este personaje.

Este loco.

Este payaso burlón.

Este...

¡Se fue!

¿POR QUÉ SE FUE?

¿Quién era?

¿Qué quería?

¡Reírse de NOSOTROS!

¡Burlarse!

¡Hacerse el loco, re-loco!

¿No pensaron que,
a lo mejor,
sólo quería hacer
nuevos amigos?

Dijo Hugo el cascarudo.

Y no, la verdad es que no habían pensado
en algo tan simple...

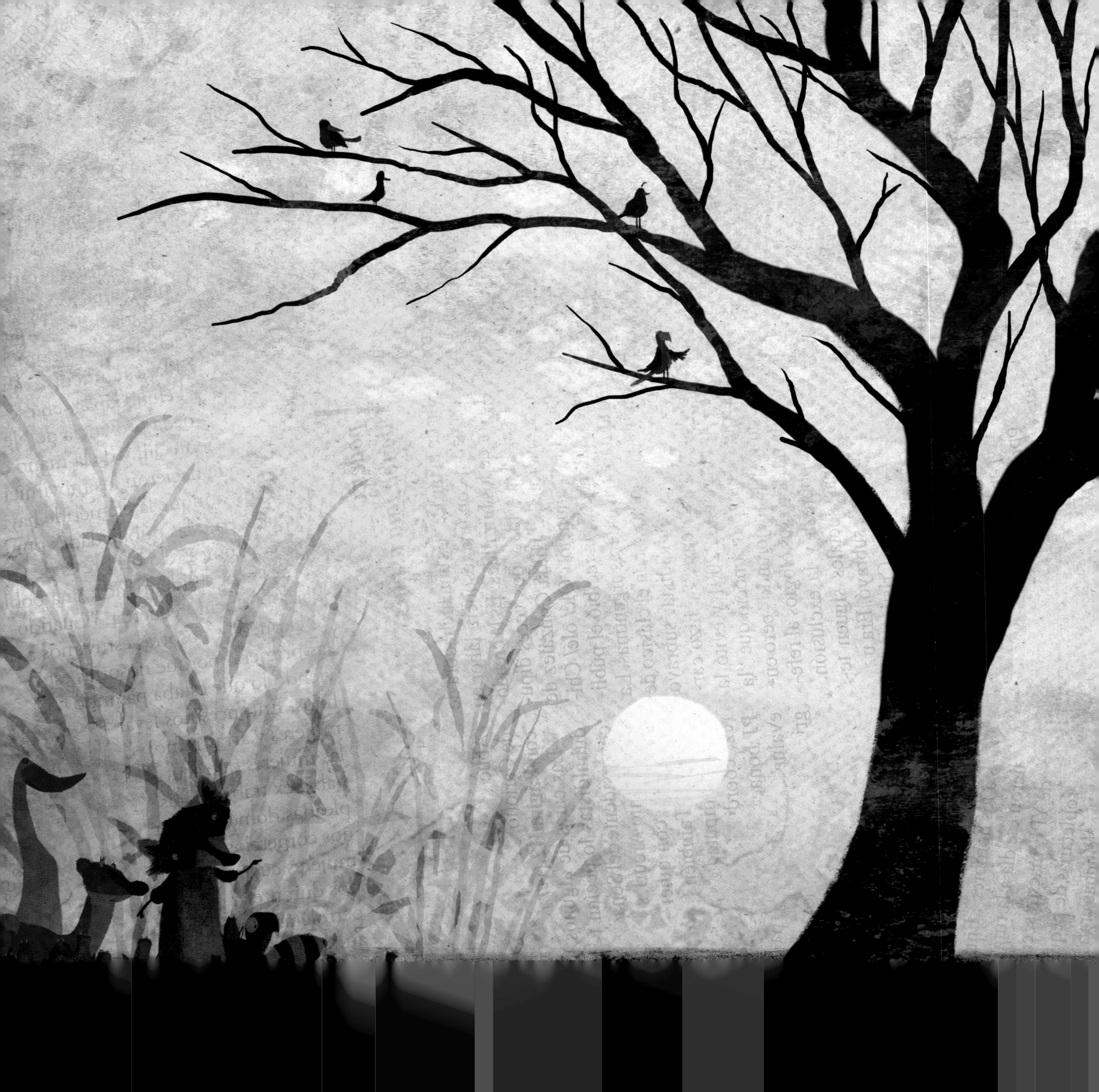

¡Piii-pi!

Hacer amigos...

¡Piii-pii!

¡Piii-pi!

¡Piii-pi!

¡Piii-pi!

¡Piii-pi!

¡Piii-pi!

¡Piii-piip!

¡Piii-pi!

¡Piii-pi!

¡Piii-pi!

¡Piii-pi!

¡Pii-pii!

¡PIII!

¡PIII!

¡Es tan lindo hacer
nuevos amigos!